APPRENTIS LECTEURS

Le sable

Pam Miller • Illustrations de Rick Stromoski

Texte français de Louise Binette

Éditions
SCHOLASTIC

À ma famille, mes amis et mon groupe d'écrivains.
Merci pour votre soutien et votre enthousiasme
depuis le début.
— P.M.

À Molly.
— R. S.

Catalogage avant publication de Bibliothèque
et Archives Canada

Miller, Pam
Le sable / Pam Miller ; illustrations de
Rick Stromoski ; texte français de Louise Binette.

(Apprentis lecteurs)
Traduction de: Sand.
Pour les 3-6 ans.
ISBN 0-439-95827-X

1. Sable--Ouvrages pour la jeunesse. I. Stromoski, Rick
II. Binette, Louise III. Titre. IV. Collection.

QE471.2.M5514 2005   j553.6'22   C2004-906968-3

Édition publiée par les Éditions Scholastic, 175 Hillmount Road, Markham (Ontario) L6C 1Z7.

5 4 3 2 1   Imprimé au Canada   05 06 07 08

Du sable dans mon seau,

du sable sur la plage.

Du sable dans le désert,
terre de mirages.

Des buttes de sable,

des tonnes de sable

s'étendent

à l'infini.

Le sable sert à construire
des routes dans tout le pays.

Des sacs de sable

empêchent l'inondation.

Ils retiennent l'eau et la boue loin des maisons.

17

Du sable blanc,
du sable noir.

Du sable rose
ou bien doré.

Du sable mouillé,

du sable sec.

Du sable brûlant

ou gelé.

Le vent souffle.

Les vagues déferlent sur le rivage.

Les rochers se brisent
et deviennent du sable
sur la plage.

Ces toutes petites roches
forment une colline
dans ta main.

Ces toutes petites roches,
c'est du sable, rien de moins!

LISTE DE MOTS

à	deviennent	petites
bien	doré	plage
blanc	du	retiennent
boue	eau	rien
brisent	empêchent	rivage
brûlant	et	rochers
buttes	étendent	roches
ces	forment	rose
c'est	gelé	routes
colline	ils	sable
construire	infini	sacs
dans	inondation	se
de	la	seau
déferlent	le	sec
des	les	sert
désert	loin	souffle
	main	sur
	maisons	ta
	mirages	terre
	moins	tonnes
	mon	tout
	mouillé	toutes
	noir	une
	ou	vagues
	pays	vent